La bibliothèque
ensorcelée

Évelyne Reberg habite en Côte-d'Or. Professeur de lettres, puis bibliothécaire, elle est auteur de nombreuses histoires pour enfants. Publiée régulièrement par les revues de Bayard Presse, elle a également écrit des ouvrages édités chez Duculot, Hatier, la Farandole, L'École des loisirs, Le Seuil, Nathan et Flammarion (Castor Poche).

Du même auteur dans Bayard Poche :
Le dragon chanteur - La cochonie de vacances
(Les belles histoires)
C'est la vie Julie - La vieille dame et le fantôme -
Les Lili Moutarde - Un diable au garage Grog -
Berlingot a disparu - La belle endiablée -
Le royaume des devinettes - P'tit Jean et la sorcière -
Le château hanté - L'auto fantôme (J'aime lire)

Maurice Rosy est né en 1927 à Fontaine-l'Évêque en Belgique. Après un bref séjour à l'École d'art de Charleroi, il rentre aux éditions Dupuis. En 1954, il devient directeur artistique, puis part pour Amsterdam où il fait des dessins publicitaires. Il travaille actuellement à Paris comme illustrateur de magazines pour adultes. Ses ouvrages pour enfants ont été publiés chez Bordas et Bayard Éditions. Son autre passion : la musique.

Du même illustrateur dans Bayard Poche :
Le pommier canoë - Le roi se remarie (Les belles histoires)
La vieille dame et le fantôme - La télé toquée (J'aime lire)

© Bayard Éditions, 1992
Bayard Éditions est une marque
du département Livre de Bayard Presse
ISBN 2.227.722 42.8

La bibliothèque ensorcelée

**Une histoire écrite par Évelyne Reberg
illustrée par Maurice Rosy**

Quatrième édition

BAYARD ÉDITIONS

Mademoiselle Coquille

La bibliothèque municipale de Pouilly
était dirigée par une bibliothécaire mer-
veilleuse. Pas le moindre grain de poussière
sur les rayonnages ! Pas le moindre désordre
parmi les livres ! Légère comme une fée,

Aurore Coquille tourbillonnait d'un lecteur à l'autre, veillant sur tous et conseillant chacun.

Pourtant, un beau jour, elle... enfin, elle... bref, voici ce qui se passa.

C'était un vendredi treize. Ce soir-là, une nouvelle lectrice se présenta, une vieille dame rose à l'allure modeste.

– Mademoiselle, dit-elle d'une voix douce, je voudrais un livre de recettes. C'est urgent.

– Aucun problème ! s'écria mademoiselle Coquille. Nous avons les meilleures recettes du monde.

Et elle la conduisit au rayon « Cuisine ». Mais la vieille lectrice fit la moue :

– Salades ? Rôtis ? Pas du tout. Je veux des recettes de... sorcellerie !

– Ah ? fit mademoiselle Coquille.

Puis elle mit un doigt sur son front et lança un cri de triomphe.

– Allons voir entre les « Soucoupes volantes » et les « Extraterrestres ». Il y a bien dix livres sur la sorcellerie. Tous excellents, bien sûr !

La vieille lectrice clopina derrière la bibliothécaire jusqu'au fameux rayon, elle se précipita avec un air gourmand sur chacun des ouvrages, puis lâcha :

– Pfff… pas intéressant !

– Il n'existe rien d'autre, dit Aurore, vexée.

Alors, la vieille dame se hissa sur la pointe des pieds et lui chuchota à l'oreille :

– Vous ne connaissez pas le célèbre écrivain A. Bracadabra ? Celui qui a écrit «Les cent meilleures recettes de sorcellerie»? Trouvez-moi ce livre, je vous prie.

Elle parlait à petits jets, et s'en alla à petits pas. Juste avant de passer la porte, elle se retourna et lança cette phrase bizarre :

– Et que toutes les pages y soient, n'est-ce pas !

Rue du Rêve-Noir

Dans son bureau, mademoiselle Coquille se jeta sur le gros catalogue où étaient inscrits tous les livres du monde. Elle trouva bien un certain Bricabrac, mais pas le moindre A. Bracadabra. Alors, elle téléphona à monsieur Victor, son cher libraire.

— Monsieur Victor! Vous qui connaissez tous les auteurs morts et tous les auteurs vivants, connaissez-vous A. Bracadabra?

— A-Bra-ca-da-bra?

Monsieur Victor épelait ce mot comme s'il annonçait un malheur.

— Pour l'amour du ciel, dit-il enfin, laissez cela, je vous prie!

— Mais, protesta Aurore, j'y tiens beaucoup. C'est une lectrice qui...

Il y eut un lourd silence au bout du fil, puis Aurore entendit le souffle précipité de monsieur Victor. Soudain, celui-ci laissa tomber:

— Allez vous renseigner au magasin d'anti-
quités, dans la rue du Rêve-Noir !

Et il raccrocha.

Dès la fermeture de la bibliothèque,
Aurore Coquille courut à l'adresse indiquée.
C'était une ruelle étroite, sans la moindre
boutique. Pourtant, en passant et repassant
devant les maisons sombres, elle distingua
sur une vitre poussiéreuse une inscription à
demi effacée : Ant... du Creux d'En...

Aurore ouvrit la porte d'une main tremblante. Le magasin était un vrai bric-à-brac, où des livres voisinaient avec des fioles[*], des perruques, des boîtes de conserve, des poupées aux yeux de perles. Des néons clignotaient de-ci, de-là : *Sorcellerie sincère, Potion magique vitaminée, Magasin rigoureusement interdit aux sorcières de Pouilly !*

[*] Ce sont des petits flacons.

La page infernale

Un homme maigre, vêtu de noir, se tenait derrière le comptoir. Ses paupières bouffies lui donnaient l'air ensommeillé. Aurore se demanda un instant s'il était en carton ou s'il était vrai. Elle finit par bredouiller :

– Pardon… je suis… euh… Je voulais…
A. Bracadabra, «Recettes de sorcel…».

L'homme comprit aussitôt. Il tendit son long doigt vers un livre épais à reliure de cuir, qui sentait fort le moisi.

– Le voilà, dit-il avec une voix de canard. Il date de trois cents ans! Il est unique au monde!

– Euh… et combien je vous dois?

– Chère cliente, ce livre n'a pas de prix, pour vous il sera donc gratuit.

L'homme sourit, découvrant des dents séparées par de grands vides. Aurore tendit la main pour prendre le livre, mais il le cacha derrière son dos.

– J'exige une promesse ! dit-il.

– Oui... i... i ?

Il continua de sa voix nasillarde :

– Ce livre est maudit ! Ses recettes sont terribles. Les sorcières ont essayé trois fois de me l'acheter, trente fois de me le voler. Ne le prêtez jamais !

– Ah, mais ! s'écria Aurore, soudain rouge d'indignation. Une bibliothécaire comme moi ne cache pas les livres, quelle idée !

– Alors, arrachez au moins la page trente-trois et cachez-la bien ! Elle contient une formule épouvantable.

– Moi ? Aurore Coquille ? Déchirer un livre ? Plutôt mourir !

Pourtant, quel prodige ! Tout en prononçant ces mots, elle s'emparait du livre, l'ouvrait à la page trente-trois... D'un geste sec, elle la déchira.

Aurore se retrouva dehors, tout étourdie. Sa main droite serrait précieusement le livre, mais sa main gauche, quelle horreur ! Sa main gauche brandissait comme un trophée la page arrachée.

Drôles de dames

Il faisait nuit, mais au lieu de rentrer chez elle, Aurore retourna à sa chère bibliothèque. Elle alluma la lumière, erra parmi les rayonnages comme un fantôme. Soudain, elle repéra l'énorme dictionnaire médical en onze volumes dont personne ne se servait jamais. Elle prit le volume trois et glissa la page maudite entre les pages trente-deux et trente-trois. Puis elle replaça le livre sur son étagère. Enfin elle se sentit soulagée : la page était bien cachée.

Quelques jours plus tard, la vieille dame rose pénétra à petits pas dans la bibliothèque. Elle leva le nez comme pour flairer autour d'elle, puis demanda :

– Où est-il ?

– Votre livre ? Je l'ai ! dit Aurore.

Elle se dirigea vers une étagère et annonça fièrement :
– «Les cent meilleures recettes de sorcellerie» par A. Bracadabra !

Les yeux de la lectrice s'étaient allumés comme deux lanternes. Elle attrapa le livre et s'enfuit en courant.
– Mais... mais ! cria Aurore. Votre carte n'a pas été tamponnée !

Et elle fonça dans l'escalier pour la rattraper. La vieille, juchée sur ses talons pointus, filait comme l'éclair. On aurait dit qu'elle volait malgré son grand âge !

Aurore la suivit tout le long de l'avenue du Hibou, jusqu'à la rue de la Veuglotte où la vieille s'engouffra dans un immeuble en construction.

L'immeuble était parcouru de courants d'air glacés. Soudain, Aurore entendit un hululement long, si long qu'il sembla traverser le temps. Il fut suivi de miaulements grinçants.

La bibliothécaire se cacha dans un coin et, venant de tous les escaliers, elle vit descendre des créatures clopinantes. Dans l'ombre, certaines ressemblaient à des sacs de noix, d'autres à des chats pelés. La meute grossit dans le hall glacé, puis s'enfonça dans un escalier noir qui menait à un parking souterrain. Aurore, comme envoûtée, la suivit.

Une réunion de sorcières

Le parking était vide, mais au fond, en haut, Aurore distingua une grosse tache : ça devait être un extincteur.

Dans le silence se faufila le rire du vent, puis un cri de grenouille :

– J'ai trouvé le livre !

– Comment ? Comment ? coassèrent mille voix.

– Je l'ai simplement réclamé à cette niaise de bibliothécaire ! Elle s'est empressée d'aller le chercher chez notre pire ennemi, au Creux d'Enfer ! Hi-hi-hi !

Aurore avait du mal à reconnaître sa lectrice : ses yeux étincelaient, ses joues gonflées la faisaient ressembler à un crapaud. La bibliothécaire, glacée d'épouvante, se retrouvait en plein repaire de sorcières. Elle n'osait plus bouger.

— Mes sœurs ! reprit la voix cassée de la sorcière. Répétons en chœur la première recette de notre livre ! Cela nous mettra en forme pour… la suite.

Les sorcières s'agenouillèrent et leurs voix formèrent un clapotis sinistre. La sorcière en chef lisait, et toutes les autres répétaient. Dans le parking vide, les mots résonnaient comme des claques :

– Tremble, le pendu! Tremble, le suspendu!
Nos mauvais sorts foudroient tous les
humains de notre choix!

Des griffes noires se dressaient en rythme,
puis s'abaissaient dans l'ombre. Soudain, il
y eut un miaulement de colère:
– La page trente-trois a disparu! Comment
s'occuper du pendu?

Aurore frissonna d'horreur. Un homme était là, suspendu dans le vide. Suspendu! Sans la moindre corde pour le tenir. C'était lui qu'elle avait pris pour un extincteur! Et cet homme, elle le connaissait. C'était monsieur Pansiot, son lecteur préféré. Un beau monsieur moustachu à l'allure de pirate, à la voix d'ouragan. Et voilà qu'il était en état de lévitation[*], comme un fakir, malgré sa taille imposante et son poids impressionnant! Il gigotait dans le vide et tonnait:

– Faites-moi descendre, nom de nom! Sinon, j'appelle... les pompiers!

[*] Il est soulevé par une force mystérieuse.

28

– Et comment ça, petit futé ? ricana une
créature, plus barbue qu'une bique.
– Tu veux le téléphone ? cria une édentée.
– Pour descendre, il faut le mode d'emploi.
Hi, hi ! consulte la notice !

– Trêve de bêtises ! coassa la sorcière en chef. À nous aussi il manque la notice : pas de page trente-trois, pas de transformation. Nous ne pouvons rien faire de cet homme.
– Hélas, je l'aurais bien vu en gros bourdon ! Moi, en potiron ! Moi, en melon ! bêlait l'assistance.

Dans cette fête insensée, soudain, sans raison, les sorcières se prosternèrent. Mademoiselle Coquille ne vit plus que leurs derrières. Elle en profita pour se sauver.

Aurore perd la boule

Le lendemain, à son travail, Aurore étonna ses collègues. Certes, elle était enrhumée, mais ce n'était pas une raison pour rester assise devant le dictionnaire médical en marmonnant sans arrêt :

— Tenez bon, monsieur Pansiot ! Je suis là, je veille sur la page trente-trois !

À un moment donné, elle fut obligée de s'absenter pour vérifier des paquets, et quand elle revint, elle poussa un hurlement :

— Le dictionnaire médical !

— Vous vous sentez mal ? demanda sa collègue, madame Aubert.

— Quelqu'un a emporté les onze volumes ! criait Aurore.

— Eh oui, une lectrice ! fit madame Aubert. Elle tenait à le lire en entier.

— Quelle horreur ! gémit Aurore. Qui est cette lectrice ?

– Madame Carne, vous savez, cette vieille dame qui s'intéresse aux sorcières! Elle m'a raconté sa triste vie : elle est malade, son mari est malade, sa tante est malade... Bref, elle avait absolument besoin du dictionnaire médical.

– Pauvre cher monsieur Pansiot! sanglota Aurore. Que va-t-il devenir?

Madame Aubert protesta :

– Monsieur Pansiot? Mais c'est cette pauvre madame Carne qu'il faut plaindre! Les onze volumes étaient
trop lourds,
elle a raté
une marche et...

— Et? Vite! Et?

— Elle s'est cassé la jambe et elle a perdu son volume trois. Si elle vient le réclamer, quand sa jambe sera déplâtrée, sachez que je l'ai mis là, dans ce tiroir!

— Le volume trois? Miracle! Quel bonheur! s'écria Aurore.

Madame Aubert s'éloigna en ruminant: «Décidément, cette Coquille, elle va devenir folle avec ses livres.»

Les sorcières attaquent

Cette nuit-là, Aurore se leva, car elle
n'arrivait pas à dormir. Bien sûr, sans qu'elle
s'en rende compte, ses pas l'emportèrent à
travers les rues désertes jusqu'à la bibliothèque. Elle eut un sursaut. Le bâtiment

était éclairé d'une lumière blanche et crue. La porte était ouverte.

Aurore grimpa en toute hâte l'escalier, puis elle appuya son visage contre la vitre d'entrée.

Des dizaines de lectrices s'étaient permis d'entrer, en pleine nuit! Et quelles lectrices! Toute la tribu des sorcières était là, au complet. Il y avait même madame Carne, avec sa jambe plâtrée. Elle s'était installée

au poste d'Aurore, au bureau de prêt. Les autres se bousculaient pour emporter d'énormes paquets de livres, et madame Carne glapissait :

– Avant d'emprunter un livre, ouvrez-le à la page trente-trois ! Je veux vérifier tous les livres de la bibliothèque !

Aurore se tordait les mains : quel chantier ! Des centaines de livres s'étaient écroulés des rayonnages, d'autres étaient empilés

n'importe comment. Aurore ne put s'em-
pêcher de pousser un cri d'effroi. Alors d'un
coup, toutes les sorcières plantèrent sur elle
leurs petits yeux rouges et hurlèrent :
– La voilà !

Aurore se sentit happée au centre de la
salle. Un galop s'enfla autour d'elle, comme
une bourrasque. Les créatures clopinantes
frappaient le sol de leurs talons et agitaient
les bras. Soudain, la ronde se figea, et
Aurore entendit siffler :

– Dis-nous où est la page trente-trois, sinon, on te foudroie!

La pauvre Aurore flageolait sur ses jambes. D'affreux petits yeux de truie, des visages pleins de taches, des langues effilées comme des poignards se rapprochaient d'elle. De grandes bouches noires s'ouvraient comme pour la dévorer. Aurore voulut montrer la page cachée dans le tiroir. Mais elle avait si peur que, d'un seul coup, elle tomba par terre, évanouie. La lumière s'éteignit. Il y eut un hurlement :

– Nous reviendrons demain soir, ici même !

Puis le silence se fit, la nuit s'épaissit. La grande salle était vide.

40

Un rat adorable

Le lendemain à l'aube, quelqu'un a vu mademoiselle Coquille sortir de la bibliothèque et marcher dans la rue en récitant d'étranges formules :

– Glix et plix, langue de vinaigre, queue de

rat... Dire le mot «flanouille», attendre trente-trois secondes et sorcière deviendra grenouille.

Rue de la Veuglotte, un passant l'a entendue balbutier :

– Je suis si émue ! Je suis si troublée ! Pourvu que je n'oublie pas ma formule ! Pourvu que je ne me trompe pas !

Elle est entrée dans l'immeuble en cons-

truction et, peu de temps après, des ouvriers qui y travaillaient ont vu sortir un gros troupeau de grenouilles.

Que faisaient donc ces bêtes dans le quartier? L'une d'elle avait une béquille et une patte plâtrée ! Elles ont emprunté l'avenue du Hibou qui mène à l'autoroute, et le plus beau, c'est qu'elles tenaient parfaitement leur droite !

Juste après les grenouilles, mademoiselle Coquille est apparue, la tête couverte de plâtras. Elle tenait un rat moustachu dans ses mains... et le rat parlait! Il disait:
– Merci de m'avoir délivré, mademoiselle Aurore!
– Voyons, monsieur Pansiot! roucoulait Aurore. Ce n'est pas moi qu'il faut remercier. C'est la page trente-trois que j'ai récitée! Hélas, je me suis embrouillée, et je vous ai changé... Excusez-moi!

D'après les témoignages, mademoiselle Coquille avait une voix bizarre. Elle semblait très enrouée, ses yeux brillaient.

Le rat lui dit ces mots insensés:
— Je suis si heureux d'être enfin blotti contre vous. M'aimez-vous?

Le plus incroyable de toute cette histoire, c'est qu'il paraît que la bibliothécaire a soulevé la bête jusqu'à sa bouche et qu'elle l'a emb... Ouille, ouille, je me tais!

LA CHARABIOLE

Petites lunettes, cartable ciré : Quentin Corbillon est un élève modèle. Il sait tout, il a 20 en tout, et il révise même ses leçons pendant les récréations. Bien sûr, la maîtresse le chouchoute... Jusqu'au cours de mathématiques où Quentin répond que les triangles ce sont des « chioukamards à gloupions... ». Depuis ce jour-là, Quentin ne parle plus que dans un incroyable charabia que personne ne comprend. Professeurs, parents, docteurs, tout le monde s'affole. Comment guérir Quentin de cette drôle de maladie ?

*Une histoire écrite par Fanny Joly
et illustrée par Claude et Denise Millet.*

LE ROYAUME DES DEVINETTES

Obo est un garçon si laid que personne ne veut l'aimer. Mais il joue si bien de la flûte qu'un vieillard le met au défi de délivrer Or, la divine princesse prisonnière du roi Riorim. Ce roi, mi-homme mi-crapaud monstrueux, coupe la tête de tous ceux qui ne savent pas répondre à ses terribles devinettes... Heureusement, sous la laideur d'Obo se cache une grande intelligence. Et dans sa poche, il a sa flûte...

*Une histoire écrite par Évelyne Reberg
et illustrée par Mette Ivers.*

UN DIABLE AU GARAGE GROG

Pour s'amuser, un diable sème le désordre dans la ville. Tout le monde est agacé par ses diableries. Hector, un jeune mécanicien très malin, découvre la cachette du diable et lui vole ses cornes. Mais le diable a plus d'un tour dans son sac ! Hector aussi.

Une histoire écrite par Évelyne Reberg
et illustrée par Michel Guiré-Vaka.

LA MISSION D'AMIXAR

Ce 24 juillet 2854 est une belle journée pour Luce et son frère Phipo. Ils ont gagné le gros lot de leur émission de télévision préférée : un robot-nounou ultra-perfectionné ! Dès le lendemain, Amixar est chez eux. Quel formidable compagnon : il connaît cinq mille jeux, dix mille histoires, et prépare même de délicieux dîners. Jusqu'au soir où les parents de Luce et Phipo lui confient la maison et les enfants pour partir à un concert sur la Lune. C'est alors qu'Amixar révèle la face cachée de sa personnalité programmée... Robot-nounou ou robot-filou ?

Une histoire écrite par Nicolas de Hirsching
et illustrée par Martin Berthommier.

Achevé d'imprimer en février 1996 par OBERTHUR Graphique
35000 Rennes - N° 111
Dépôt légal éditeur n° 2400 - Avril 1992
Imprimé en France